SOMMAIRE

INTRODUCTION

Cet ouvrage réunit trois médecins. Trois personnalités du XXe siècle qui, toute leur vie, ont pansé, écouté, apaisé. Tous ont exercé dans un environnement difficile, au moins les premières années de leur vie professionnelle.

Prix Nobel de la paix, **Albert Schweitzer** a construit un grand dispensaire dans la forêt équatoriale, en Afrique, pour permettre l'accès aux soins à des milliers de personnes.

Françoise Dolto, elle, a porté un regard nouveau sur les enfants pour mieux les soigner.

Quant à **frère Luc**, il a ouvert un dispensaire au monastère de Tibhirine, en Algérie, pour offrir des soins gratuits aux habitants pauvres de l'Atlas.

Convaincus que, pour guérir un malade, il faut soigner son corps mais aussi écouter son âme, ces trois médecins ont beaucoup prié et persévéré pour accomplir leur mission de soignant.

ALBERT SCHWEITZER
UN MISSIONNAIRE EN AFRIQUE

UN HOMME AU SERVICE DES AUTRES

Albert Schweitzer est né en Alsace en 1875, dans une famille protestante. Très jeune, il s'indigne de la souffrance des hommes et décide de consacrer sa vie aux autres. Il devient pasteur et professeur de philosophie. Musicien talentueux, il est aussi organiste. Mais cette vie ne le satisfait pas totalement. Il décide alors de se lancer dans des études de médecine pour parer au manque de médecins en Afrique. C'est là que Dieu l'appelle !

UN « VILLAGE-HÔPITAL » AU GABON

En 1913, Albert Schweitzer réunit de l'argent, des médicaments et du matériel pour installer un centre de soins dans la forêt équatoriale du Gabon. Avec l'aide des habitants, Albert et son épouse construisent un dispensaire qui deviendra, au fil des années, un véritable « village-hôpital ». Ils accueillent et soignent des milliers de patients. Guidé par la prière, Albert travaille sans relâche. Il rentre souvent en Europe pour donner des conférences et des concerts afin de collecter de l'argent pour agrandir son centre de soins. En 1952, il reçoit le prix Nobel de la paix pour son œuvre en Afrique.

POUR LE RESPECT DE LA VIE

Albert Schweitzer a un profond respect pour tous les êtres vivants. Dans son village-hôpital, il abrite et soigne aussi de nombreux animaux. Il a même un pélican pour compagnon !
Pour lui, le respect de la vie est aussi celui de la spiritualité, qui permet à chacun de vivre en homme libre. Libre de penser. Libre de construire un monde meilleur, respectueux de la nature. Après la Seconde Guerre mondiale et jusqu'à sa mort, en 1965, Albert se lance dans un nouveau combat, celui du nucléaire : il s'oppose ouvertement à l'arme atomique, capable d'anéantir toute vie terrestre.

« Celui à qui la souffrance est épargnée doit se sentir appelé à soulager celle des autres. »

Je suis né en 1875 en Alsace. Cette région appartenait à l'Allemagne depuis 1870. En 1918, elle est redevenue française. Nous, les Alsaciens, parlons aussi bien français qu'allemand. Et nous ne voulions qu'une chose : vivre en paix.
Dans mon village, le pasteur et le curé servaient en alternance aux catholiques et aux protestants. Je trouvais ça beau, cette communion.
Papa, c'est mieux d'être protestant ou catholique ?
Quelle importance, Albert ? Nous croyons tous en Jésus, c'est le principal.
J'aime cette musique.
Je vais t'apprendre le piano. Plus tard, tu pourras jouer sur cet orgue.
Tu es doué mon fils, persévère, tu ne sais pas à quoi la musique pourra te servir…
La nature était mon endroit de jeu préféré et une source d'admiration permanente.
Visez bien, les gars ! On va les avoir ces piafs !
C'est horrible !

Sauvez-vous !
T'es dingue ?
Poule mouillée !
Je ne peux pas tuer !
Tous les êtres vivants ont droit au respect. Jamais je ne tuerai ce qui vit, sauf si je suis en danger.
Tu ne manges pas ta viande, Albert ?
Je ne peux pas, Maman.
Grandir en Alsace m'a enseigné la tolérance et l'ouverture d'esprit. Mes parents, eux, m'ont préparé à la liberté.
Mon Dieu, protège et bénis tout ce qui respire. Préserve du mal les êtres vivants et fais-les dormir en paix.
Enfant, je n'étais pas très bon élève.
Mais j'aimais par-dessus tout remplacer l'organiste à l'église de Gunsbach.
Et à 16 ans, alors que j'étais au lycée de Mulhouse, j'ai donné mon premier concert.

Le goût des études est venu lorsque j'étais étudiant.
Tu viens, Albert ?
Pas le temps !
Je suis devenu pasteur, comme mon père...
Jésus nous dit : "Suis-moi, comme les apôtres." Il nous commande d'aimer et de défendre la paix. À chacun de savoir comment le mettre en pratique.
... et enseignant en philosophie.
Penser par vous-même vous permettra de savoir si ce que vous entreprenez est juste et fait progresser l'humanité.
Le droit au bonheur n'est pas le même pour tous. Moi, j'ai beaucoup de chance.
À l'âge de 30 ans :
Voilà ce que je dois faire !
NOS COLONIES ONT UN BESOIN URGENT DE MEDECINS
Ma décision est prise, je serai médecin en Afrique.
Encore 8 ans !
Mais tu es déjà pasteur, enseignant, musicien...
Je n'ai pas beaucoup dormi ces années -là. J'étudiais la médecine, tout en travaillant pour gagner de l'argent.
Platon

En 1913, avec mon épouse :
Désinfectant, aspirine, quinine...
J'ai fini les caisses de draps, et de bandages.
Dans 2 mois, Hélène, nous serons au Gabon.
Bienvenue à Lambaréné, voici Joseph, qui vous aidera.
Les malades vous attendent.
Déjà ? Mais où vais-je m'installer ?
Il y a l'ancien poulailler, ça ira ?
Il nous faut de la main-d'oeuvre.
Impossible, docteur !
Tous les hommes de la région sont employés pour le commerce des arbres.
Ce bois précieux de la forêt est envoyé en Europe.

Alors, au boulot !
Nous n'aurons jamais assez de place !
Mon piano ! Dieu soit loué !
J'ai commencé la médecine comme j'ai pu...
Il dit qu'il a très mal à la tête et dort tout le temps.
La maladie du sommeil, c'est un fléau en Afrique.
Attendez votre tour !
Joseph, va demander des bandes à Hélène, je n'en aurai pas assez.
Le soir, après une journée éreintante...
Viens te coucher, Albert !
Cela me détend de jouer du piano.
La saison des pluies commence.
Ça fuit partout !
Il va falloir très vite construire d'autres bâtiments.

En 1914, la guerre mondiale a éclaté.

En 1924, de retour au Gabon...
Mon Dieu, tout est à refaire !
Le matin, j'étais défricheur, architecte, maçon...
... et l'après-midi, médecin.
Quelques années plus tard...
Mon mari ne dort plus à cause des démangeaisons et mes enfants ont la diarrhée.
Le docteur va vous soigner. Vous pourrez habiter au village pendant le traitement.
Les soins sont gratuits. Mais dès que vous irez mieux, vous aiderez ceux qui travaillent.

20

* La dysenterie est une maladie infectieuse qui provoque des diarrhées graves.

Françoise Marette est née le 6 novembre 1908.
Elle grandit à Paris avec ses parents, sa soeur et ses trois frères.
Regardez comme Françoise danse bien !
Encore, Papa !
Tiens ! Il va y avoir de l'orage...
BACH
Les fous de l'asile vont encore hurler !
Pauvres zinzins... Ils ont l'air malheureux.
Allez, à table, les enfants !
Papa, pourquoi ils sont fous, les gens ?
Françoise, arrête avec tes questions bizarres.
Mais je veux juste savoir....
Silence ! Plus de questions à table !
Avez-vous vu la belle coiffure de Jacqueline ?
Jacqueline, c'est la plus belle ! Elle a les cheveux comme de l'or.
En 1914, la guerre éclate entre l'Allemagne et la France. Durant quatre ans, de nombreux soldats meurent au front...
Son mari est mort à la guerre. Sans lui, elle n'a plus d'argent pour nourrir ses enfants.
Maman, pourquoi elle pleure, madame Lebeau ?
Quand je serai grande, moi, j'aurai un métier pour gagner MON argent !

*À cette époque, les filles ne faisaient pas d'études. On pensait que leur rôle était uniquement de faire des enfants et de s'occuper de la maison.

Le 30 septembre 1920, un drame vient bouleverser la famille. Atteinte d'une grave maladie, Jacqueline meurt. Françoise a 12 ans. Dévorée par le chagrin, sa maman devient agressive.
Françoise, tout ça est de ta faute ! Tu n'as pas assez prié pour ta soeur !
Mais Maman, je...
Va manger dans ta chambre ! Je ne veux plus te voir !
C'est moi qui aurais dû mourir. Jacqueline était si parfaite...
Ta maman dit ça parce qu'elle a du chagrin. Mais c'est faux, tu le sais...
Les parents de Françoise font un autre enfant dans l'espoir de remplacer Jacqueline. Mais à la naissance...
C'est un garçon ...
... et brun avec ça...
Je vais le nourrir, mais Françoise s'en occupera.
À 15 ans, Françoise s'occupe donc de son frère Jacques...
Oh oh ! Tu as fait caca, toi ! Je vais te changer !
Ga ga !
Regarde comment on descend les escaliers !
Dis, Vava, pourquoi le ciel est bleu ?
Euh... Je ne sais pas. Je chercherai la réponse dans un livre.

Contre l'avis de sa mère, mais encouragée par son père, Françoise passe son bac. Puis elle s'inscrit à l'école d'infirmières et, à 24 ans, à l'école de médecine avec son jeune frère Philippe.
Pour faire plaisir à sa famille, Françoise accepte de se fiancer. Mais rapidement…
Tu sais, je préférerais que tu arrêtes tes études.
Ah non ! Toi aussi ? Je crois qu'il vaut mieux qu'on se sépare.
Même pas capable de garder un fiancé ! Quelle honte !
Philippe, depuis que j'ai rompu ces fiançailles, mon cerveau est bloqué. Plus rien ne rentre !
Tu devrais voir le docteur Laforgue… Il va t'aider à comprendre ce qui se passe dans ta tête.
C'est ainsi qu'en 1934, Françoise commence une " psychanalyse ". C'est une méthode qui consiste à explorer ses souvenirs et ses rêves pour aller mieux. Cela durera trois ans.
Je me souviens d'une dame qui me gardait quand j'étais bébé…
Cette nuit, j'ai encore fait ce rêve étrange…
C'est fou. La parole est un vrai médicament !
Ça y est ! J'arrive de nouveau à apprendre !

En 1936, Françoise travaille comme psychiatre dans un hôpital pour les enfants qui ont des problèmes.
Docteur Heuyer, voici Françoise Marette. Elle est également médecin.
Un médecin femme… On aura tout vu !
Ça commence bien…
Ces enfants ont été amenés soit par leurs parents, soit par la police pour qu'on les soigne.
Et que faites-vous pour les soigner ?
Vous savez, ils sont déjà bien dérangés ! Regardez celui-ci, il se fait encore pipi dessus à son âge !
On les calme avec des piqûres ou des médicaments. Il n'y a que ça à faire !
C'est affreux ! Je suis sûre qu'on peut soigner ces enfants autrement.
Je sais ce que vous pensez. Je vais vous montrer mon travail. C'est différent !
Je fais faire des dessins aux enfants, je parle avec eux, et surtout, je les écoute… Grâce à cela, beaucoup guérissent !
Voilà qui me plaît mieux !
Puis-je assister à vos séances avec les enfants ?
Bien sûr !

1939. La guerre éclate à nouveau. Pour être protégés, beaucoup d'enfants sont envoyés loin de Paris. Françoise leur rend visite.
Ce bébé a dû être séparé de sa maman. Il refuse de manger. S'il continue, il va mourir !
Voici son papa...
Bonjour ! Avez-vous ici quelque chose qui appartient à sa maman ?
Euh...
Je crois qu'il y a son foulard dans la voiture...
Parfait. Allez le chercher !
OUIIIIN !
Quelques minutes plus tard...
Maintenant, enroulez le biberon dedans et donnez-le lui...
OUIIIINN !
C'est un miracle !
Il avait juste besoin d'être rassuré par l'odeur de sa maman...
N'est-ce pas, Michel ? Ta maman va revenir te chercher. En attendant, tu dois manger pour vivre !
Vous croyez qu'il vous entend ?
Je crois même qu'il nous comprend !

En 1942, Françoise se marie avec Boris Dolto et devient "Françoise Dolto". En août 1944, elle attend son deuxième enfant…
C'est fou ce que le bébé bouge, ce soir ! Il est tout agité !
Il y a encore un bombardement.
Le bébé l'avait senti !
Tu as peur ? Ne t'inquiète pas. Ici, nous sommes en sécurité…
Boris, il s'est rendormi ! C'est extraordinaire ! Dans le ventre, les bébés ressentent déjà tellement de choses…
Boris, tout ce que l'on vit quand on est bébé s'inscrit dans notre mémoire !
En grandissant, on pense ne plus s'en souvenir, mais notre cerveau, lui, s'en souvient !
Une grande peur ou une grande tristesse qu'on a eu bébé peut ressortir plus tard, sous une forme inattendue !
Un enfant peut faire pipi au lit, s'arrêter de manger ou bien ne pas réussir à parler à cause de ça !
Pour le soigner, il faut donc l'aider à retrouver ce qu'il a ressenti quand il était petit !
À l'hôpital Trousseau, à Paris. Françoise Dolto reçoit ainsi beaucoup d'enfants…
Qu'est-ce que c'est ?
pâte à modeler
Méchante poupée !
Pourquoi dis-tu qu'elle est méchante ?
Ce tube lui rappelle sa naissance…
Claude, les rêves sont comme des messages qu'on s'envoie à soi-même. Ça aide à mieux se connaître !

Bonjour, Ben. Vous être un ami de Claude ?
Oui. Il m'a dit que vous l'aviez guéri. Moi aussi, je veux guérir !
Et de quoi voulez-vous guérir ?
C'est que… j'ai 14 ans et je ne sais toujours pas lire. Tout est bloqué dans ma tête !
Pendant de nombreuses séances, Ben dessine…
Je ne comprends pas ses rosaces.
Pourquoi dessine-t-il toujours la même chose ?
Il ne se souvient d'aucun rêve…
Ce garçon est intelligent, mais quelque chose est bloqué en lui.
Jusqu'au jour où…
Ça y est ! J'ai trouvé !
Cette rosace, elle était dessinée sur la nappe de ma Tata !
J'étais tout petit. Toute ma famille était là et disait des choses méchantes sur ma mère…
Cela vous a fait beaucoup de peine.
Et le soir même…
J'arrive à lire ! J'y arrive !
Madame Dolto ! Je suis guéri !!!
Quel beau métier !

FRÈRE LUC

MOINE ET MÉDECIN EN PAYS MUSULMAN

SOIGNER ET PRIER

Paul Dochier est né en 1914. Après des études de médecine, il part faire son service militaire dans le sud du Maroc. Quand il rentre en France, Paul choisit de revêtir l'habit de moine. Il prend alors le nom de frère Luc, en hommage à l'évangéliste Luc qui était médecin.
En 1946, après avoir prononcé ses vœux, frère Luc part en Algérie, au monastère de Tibhirine, perché dans les montagnes de l'Atlas, terre d'islam. Là-bas, il ouvre un dispensaire pour offrir des soins gratuits aux habitants pauvres des environs. Estimé et respecté de tous, il reçoit une centaine de patients par jour.

UN HOMME DE PAIX

Frère Luc soigne tous ceux qui se présentent à lui : chrétiens, musulmans, amis et ennemis du gouvernement en place... Ce qui déplaît à certains. Mais cet homme de paix ouvre sa porte à tous les hommes et les femmes qui souffrent, sans distinction.
Guidés par Christian de Chergé, prieur du monastère, frère Luc et les moines de Tibhirine ont à cœur de se lier d'amitié avec les musulmans de l'Atlas pour enrichir et approfondir leur foi. Unis par une même quête de Dieu, ils prient et dialoguent ensemble dans la paix, malgré les tensions qui règnent dans le pays.

« JE ME DOIS AUX AUTRES »

Toute sa vie, frère Luc sert sa double vocation : soigner les malades et prier Dieu. « Tant qu'il reste un peu de jours, dans un contexte difficile, je me dois aux autres », confiait-il à ses proches peu de temps avant d'être enlevé et exécuté avec six autres moines de Tibhirine, en 1996. Frère Luc a été béatifié* en 2018, avec dix-huit autres religieux tués en Algérie, dont ses six compagnons. Aujourd'hui, le monastère, où il repose, reste un lieu de vie, de prière et de partage ouvert à tous, chrétiens, musulmans, non-croyants...

* Étape avant d'être reconnu saint.

« Notre vie doit toujours être un chemin vers Dieu. »

1937 : Paul Dochier a 23 ans.
Il est étudiant en médecine à Lyon.
C'est passionnant! J'ai hâte de pouvoir soigner de vrais malades.
Il vient souvent se reposer à l'abbaye d'Aiguebelle, dans la Drôme.
La nature, la prière… Je me sens en paix ici.
Médecin ou moine? Que dois-je faire de ma vie?
Vous pouvez commencer à vivre un peu avec nous, Paul. Mais terminez vos études de médecine! Dieu vous guidera.
En 1939, la guerre éclate. Paul est part faire son service militaire dans le sud du Maroc.
Tu es musulman?
Non, je suis chrétien. Mais je profite de leurs temps de prière pour prier moi aussi!
C'est possible, ça?
Ah! Ah! Je pense que Dieu est le même pour nous tous. Il se fiche de nos différences!
De retour en France.
Mon rêve serait d'être en même temps moine, médecin et au service des populations pauvres du désert.
Nous avons un monastère en Algérie, à Tibhirine…
Paul prononce ses vœux de moine. Il devient frère Luc.
En août 1946, il arrive au monastère de Tibhirine.
France
Alger
Tibhirine
Algérie

Il est bon pour des frères de vivre ensemble et d'être unis. Le Seigneur nous bénit.
Tu vois, ici on produit du vin, de l'huile, du miel…
Les produits qu'on vend nous servent à payer le salaire de nos quarante ouvriers algériens.
Bonjour Ahmed ! Je te présente frère Luc. Il va exercer comme médecin au dispensaire. Tu fais passer le mot au village ?
Bienvenue, mon frère ! C'est sûr, tu vas avoir du travail !
Je vais te donner des médicaments. Dans une semaine, tu seras guéri.
Mais je ne peux pas te payer…
Tu ne me dois rien, ne t'inquiète pas.
Merci. Dieu te récompensera.
Attends !
Qu'Allah te bénisse !

Où as-tu mal ?
Tout est malade en moi !
Je n'ai rien trouvé. Tout va bien…
J'ai faim.
Mange tranquillement.
Tu emporteras ce panier chez toi pour ta famille.
Quelle misère !
Il a beaucoup de fièvre, il tousse…
C'est la rougeole. Il faudrait pouvoir vacciner tout le village…
Pourquoi viens-tu nous soigner ? Tu n'es pas de ma famille. Même pas de mon peuple !
J'aime soigner. Et j'aime ton peuple…
Ça va encore être une grosse journée !
MEDECIN طبيب
Je suis épuisée. C'est mon huitième enfant ! Et les autres ne sont pas grands.
Et ton mari, il t'aide ?
Mon mari ? Bien sûr que non !
36

* À cette date, l'Algérie est alors une colonie française, depuis 1830. L'Armée de libération nationale, ALN, est une organisation terroriste qui lutte par les armes contre la présence coloniale française en Algérie de 1954 à 1962 . L'Algérie obtient son indépendance en 1962.

L'armée française a enlevé notre imam.
Vous serez notre monnaie d'échange.
Doucement s'il te plaît. J'ai de l'asthme. Je respire mal…
Allez ! Avance !
Se laisser faire… Comme le Christ… Sans savoir où cela nous mènera…
Frère Luc et frère Matthieu sont libérés dix jours plus tard. Mais l'Algérie s'enfonce dans la guerre.
Faire la paix en soi, pour porter la paix au monde. C'est notre mission de moine.
Vous avez dû avoir tellement peur…
Oui. Mais tous les Algériens ont peur de cette guerre.
Hou là ! Il y a du monde ! Heureusement qu'ils m'ont relâché.
Ah ça oui ! Qu'est-ce qu'on ferait sans notre médecin ?
Ma plus grande souffrance, ce n'est pas la mienne. C'est de ne pas pouvoir faire plus pour tous ces miséreux.

En 1962, après cent trente années de colonisation française et sept années de guerre, l'Algérie devient un pays libre et indépendant.
ALGÉRIE LIBRE
1965. À Tibhirine, la vie a repris un cours paisible.
Ces dons reçus de France sont bienvenus ! Je n'avais plus de médicaments.
Hum ! Ça sent bon !
Les frites du dimanche, mon frère !
Allah a établi entre vous des liens de tendresse et de pardon. Prenez-en soin.
Ils sont beaux, nos jeunes mariés !
Ça nous fait toujours plaisir de faire la fête avec vous, mes frères !
À nous aussi !
Votre communauté chrétienne en terre d'islam est le signe que chrétiens et musulmans ne sont pas si éloignés.
Oui, puisque nous croyons tous qu'il n'y a qu'un seul et même Dieu, mais plusieurs façons de le prier…
Et chacun, chrétien ou musulman, peut être un artisan de paix là où il se trouve.
Louange à Allah, Seigneur des Univers… Guide-nous dans le droit chemin.
Oh oui, mon Dieu, loué sois-tu !

* Dans les années 1990, l'Algérie connaît une guerre civile. Le Groupe islamiste armé, GIA, est créé : c'est une organisation terroriste qui veut renverser le gouvernement algérien pour mettre en place un État islamiste.

* Vingt-cinq ans plus tard, les enquêteurs français cherchent toujours à identifier les responsables de leur mort.

DANS LA COLLECTION

LES CHERCHEURS DE DIEU

MÈRE TERESA • DON BOSCO • MATTEO RICCI

ABBÉ PIERRE • PAULINE JARICOT • XAVIER DE NICOLO

SŒUR EMMANUELLE • JOSEPH WRESINSKI • PÈRE POPIELUSZKO

JEAN-PAUL II • BERNADETTE SOUBIROUS

MARIE, MÈRE DE JÉSUS

FRANÇOIS D'ASSISE

SAINT PAUL, LE VOYAGEUR

JEANNE D'ARC • BARTOLOMÉ DE LAS CASAS

SAINT LOUIS • SAINTE CLAIRE

SAINT BENOÎT • MARIE GUYART • IGNACE DE LOYOLA

CHARLES DE FOUCAULD

MARTIN LUTHER KING

SAINT MARTIN • SAINT AUGUSTIN • SAINT DOMINIQUE

L'ABBÉ PIERRE OU L'ESPOIR D'EMMAÜS

LA VIE DE JÉSUS

JÉSUS EN BANDE DESSINÉE

GANDHI, LE PÈLERIN DE LA PAIX

À CALCUTTA AVEC MÈRE TERESA

THÉRÈSE DE LISIEUX • HILDEGARDE DE BINGEN • THÉODORE MONOD

THÉRÈSE D'AVILA • JEAN-BAPTISTE DE LA SALLE • PEDRO OPEKA

LES PLUS BEAUX LIEUX SAINTS

NOTRE-DAME DE PARIS • MONT-SAINT-MICHEL • SAINT-JACQUES-DE-COMPOSTELLE

LES GRANDS ARTISTES CHRÉTIENS

ANTONI GAUDÍ • JEAN-SÉBASTIEN BACH • LÉONARD DE VINCI • MICHEL-ANGE

ARTISANS DE LA SOLIDARITÉ

FRÉDÉRIC OZANAM • HENRY DUNANT • JEAN RODHAIN • XAVIER EMMANUELLI

MARINS DANS L'ÂME

PHILIPPE ET HÉLÈNE VIANNAY • PÈRE MICHEL JAOUEN • PÈRE YVES BUANNIC

LES ÉDUCATEURS DE L'ESPOIR

JEAN-BAPTISTE DE LA SALLE • DON BOSCO • MARIA MONTESSORI

COMBATTANTS DE LA PAUVRETÉ

MÈRE TERESA • SAINT VINCENT DE PAUL • SŒUR ROSALIE

LES GRANDS LIEUX DE PÈLERINAGE

LOURDES • ARS • TAIZÉ